魔女みならいのキク

黑魔法糖果店

4 魔女小菊的祕密餅乾

作者・草野昭子
繪者・東力
譯者・林謹瓊

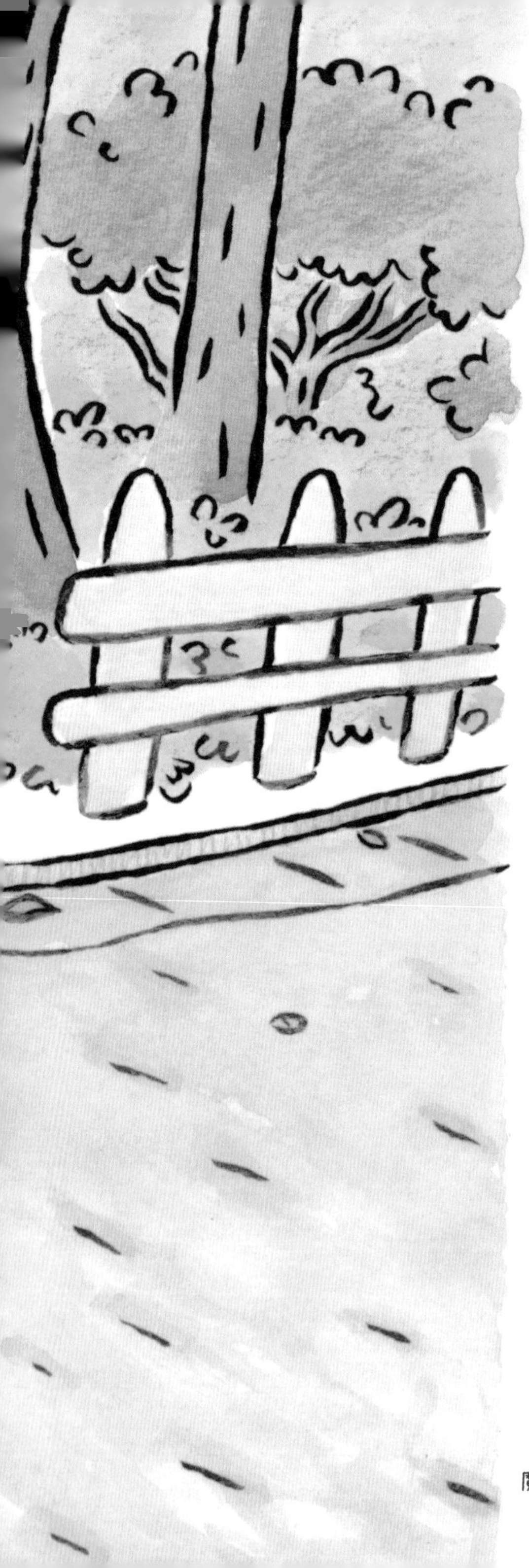

小菊獨自走在一條幽靜的路上。

「哼，為什麼就只叫我出來買東西！」

她用力的踩了一下地面，黑色洋裝的口袋裡傳出

零錢互相碰撞的清脆聲響。

小菊是一位魔女實習生，她有兩個妹妹，分別是小菫以及百合，她們住在一個遠離人群的地

方，魔女老師會來家中教導她們魔法。

兩個妹妹的魔法功力越來越高強，現在已經能稍微隔空移動物品，並創造出

小小的旋風了。

不過，就只有小菊到現在還使不出魔法。

今天，魔女老師向小菊和妹妹們說道：「我想到了一個非常

棒的點子！」

她接著說：

「我要在這個小鎮上開一間魔女點心店，店裡的所有點心，不管是霜淇淋、布丁或是甜甜圈，只

要運用魔法，就能瞬間混合好材料，接著做出成品。」

說到這裡，魔女老師的雙眼興奮得閃閃發光。

「在人類花費大把時間辛苦製作點心的時候，我們運用魔法可以快速做出很多點心，再便宜賣出去。」

「如果這麼做的話，會發生什麼事呢？」小堇這麼問。

百合回答：「這麼一來，所有人一定都會來搶購我們的點心！」

魔女的點心店

「沒錯！」

魔女老師說完後，大家不約而同的哈哈大笑。

一想到人類愁眉苦臉的表情，她們就高興得不得了。

「事不宜遲，小堇和百合開始練習製作點心的魔法，然後……。」

魔女老師的目光落在

小菊身上。

「小菊就負責去買東西吧！」

「怎麼這樣？」

「因為妳還沒有學會魔法呀！」

魔女老師打開了擺放魔藥材料的櫃子，開始確認材料的數量。

「嗯！蒜頭的量還夠，魚眼珠也還有很多……啊！仙客來的球根快沒了，妳去花店買三個回來。妳記得

花店在哪裡嗎？」

因為小菊跟著魔女老師去過花店好幾次了，所以小菊只能一言不發的點點頭。

魔女老師一邊說「那就交給妳了！」，一邊把錢拿給小菊。接著她認真注視著小菊的雙眼說：「仔細聽好，我們是高人一等的魔女，千萬別跟人類交朋友。另外，小心不要被別人發現妳是魔女，弱小的人類可能會因為畏懼魔女的力量，而企圖抓住妳。」

這是小菊第一次自己出門買東西。走在路上，她不時擔心路人會看出來自己是個魔女，一路上走得心驚膽跳。

走著走著，周圍變得越來越熱鬧，也開始有商店出現了。

FASHION

今天似乎是學校的休假日，孩子們開心的從小菊身邊經過。

「為什麼就只有我不會使用魔法呢？」

小菊喃喃自語時，迎面走來一個男生，剛好看了小菊一眼。

「該不會被聽見了吧！」

小菊相當驚慌，立刻拉下黑色帽簷擋住臉，急急忙忙的在附近的路口轉彎。

連續轉了好幾次彎，小菊才停下腳步。一抬起頭便說：「咦，這裡是哪裡呀？」

眼前是一條從未看過的陌生街道。

小菊左顧右盼，

突然間，雙眼為之一亮，似乎看到了什麼非常吸引她的東西。她朝向前方的一間店家走去。

「是點心店！」

小菊透過櫥窗玻璃看見了蛋糕、泡

芙、瑪德蓮、果凍，還有布丁等各式各樣的點心。

「哇，也有賣餅乾！」

小菊最喜歡的點心就是餅乾了。

「好想吃喔！」

小菊輕輕摸了摸洋裝的口袋，裡面裝著魔女老師給她的錢幣。

「如果買了餅乾，就沒辦法買球根了，可是餅乾看起來好好吃！」

小菊的手放在口袋裡，緊緊抓住裡面的錢幣。

「嘿，妳在做什麼呀？」

從小菊的背後傳來一個聲音。小菊回過頭，看見一

個與自己年齡相仿的女孩。

「我經常看見妳跟一位奶奶到我家買東西，妳叫小菊對不對？」

啊！想起來了！她是花店的小孩！

小菊跟魔女老師去買花朵種子或球根的時候，好幾

次都看見這個女孩在店裡幫忙。

小菊心想：「沒記錯的話，她的名字應該是小愛。對了，那就請她告訴我該怎麼走到花店吧！」

「我正打算去花店。」小菊說。

聽到這裡，小愛說：「這樣呀，那我們一起去吧！」

小愛拉著小菊的手往前走。

「啊！我才不要跟人類牽手呢……不過，她的手跟小菫或百合的手沒什麼兩樣，既溫暖又柔軟。」

「小菊，我等一下打算要在家裡做餅乾，妳要不要跟我一起做餅乾來吃呀？」

「啊？做餅乾？」

「對呀！我媽媽有告訴我餅乾的作法喔！」

「自己做餅乾來吃，聽起來真不錯。」

「感覺很好玩，對吧！」

小菊不自覺的想點頭回應，但又急忙轉過身去。

「一點也不好玩，我才不要做。」

魔女不能跟人類成為朋友。

「真的非常美味喔！」小愛將臉湊到小菊面前說。

「咕嚕！咕嚕！」

這是從小菊肚子發出的聲音。她剛剛走了一大段路，現在肚子餓了。

「這個時候，妹妹她們或許已經在享受用魔法做

成的點心了，就只有我被差遣出來買東西。」

「嗯……這個嘛！」小菊嘴上支支吾吾的，心裡激烈交戰著。

「如果只是跟人類一起做餅乾，應該不能算是變成朋友吧！」小菊默默心想。

「一起做餅乾，也不是不行啦！」

「哇！太好了，因為家裡沒有砂糖，所以我才跑出來買。」小愛一邊說，一邊舉起手裡的提袋向小菊示意。

「喔，我來買仙客來的球根，魔……。」

小菊趕緊閉上嘴巴，差點就說出這是魔藥的材料了。

「是打算要種在院子裡啦！」

話還沒說完，兩人已經

走到了花店。「小愛回來啦！」

在花店裡工作的小愛媽媽看見她們，又加了一句：「哎呀，這不是小菊嗎？」

「妳今天一個人來買東西呀？真了不起！」

小菊向小愛的媽媽買了三個仙客來的球根。

「媽媽，小菊可以跟我一起做餅乾嗎？」

「這樣小菊會比較晚回家，可以嗎？」

聽見小愛媽媽這麼問，小菊用力的點點頭。

「好吧！那你們要把餅乾放進烤箱的時候，跟我說一聲，萬一不小心燙傷就不好了。」

製作餅乾的材料和工具已經全部擺放在廚房的桌子上。

「麵粉、雞蛋、奶油，還有砂糖。」

小愛將剛買

來的那包砂糖也放到桌子上面。

「哇！原來用這些材料就可以做出餅乾。」

除了這些材料，桌上還擺著不鏽鋼大碗、料

理秤、攪拌棒等工具。

「要把材料倒進這個大碗裡，再攪拌均勻喔！」

「知道了。」

小菊右手拿著砂糖的袋子，左手抓住麵粉的袋子，想要直接倒進去，小愛見狀連忙阻止她。

「啊！不是這樣！必須要先秤好材料的重量才可以喔！」

「原來如此。」

的確就像魔女老師之前說的，人類製作點心需要耗費許多時間。

「妳看，就像這樣！」

小愛把量匙伸進麵粉袋中，舀出麵粉，放到料理秤上的小碗裡。

「接下來，請小菊幫忙秤砂糖，數字變成一百就可以了。」

小菊心想：「什麼嘛，竟然命令我做事，魔女的

地位可是比人類還高呢！」

不過，因為餅乾還沒做完，小菊決定再忍一忍。

她依照小愛剛剛的方法，開始量砂糖。

「奶油如果太冰會不容易攪拌，所以要提早把需要的量從冰箱拿出來退冰。」

小菊心想：「哼，用魔法的話，就可以馬上讓冰涼的東西變溫暖。」

「現在把量好的材料都放進大碗裡吧！」

「知道了。」

小菊拿起裝著麵粉的碗，正打算倒進大碗當中，小愛又大聲喊著：「不行不行！」急忙的阻止了小菊的動作。

「每種材料要按

照順序加進碗裡喔！」

「什麼？」

人類做餅乾怎麼這麼麻煩啊！

「首先要放入的是奶油。」

小菊將奶油放進大碗裡。

「接著用攪拌棒攪拌奶油。」

小愛一邊說，一邊用雙手牢牢扶著大碗的兩側。

小菊握著攪拌棒開始攪拌，原本方方正正的奶油經過了攪拌，融

化成濃稠的膏狀。

「哇！」

現在這個狀態就感覺很美味了呢！

「接下來要放入的是砂糖。」

這次換小菊把碗抓穩，小愛一邊倒進砂

糖，一邊攪拌均勻。

小愛認真的攪拌，讓白色的砂糖顆粒逐漸融進奶油裡。

「哇！看不見砂糖顆粒了，好神奇，就像魔法一樣！」

「小菊，餅乾的製

作過程是不是很有趣呀？」

「嗯！」

小菊感到又興奮又期待。

「現在，打一個蛋進去。」

「好。」

就在小菊拿起雞蛋的那一瞬間，蛋從她手裡滑了出去。

「啊！」

「啊！」

兩人眼睜睜看著雞蛋就要掉到地上了。

糟糕！這樣就吃不到美味的餅乾了！

小菊不假思索的伸出食指，指向正在掉落的雞蛋，一邊在腦海中想像著雞蛋回到自己手中的畫面，一邊移動食指。結果，雞蛋就停在了空中。然後「咻！」的一聲，迅速飛回小菊的手中。

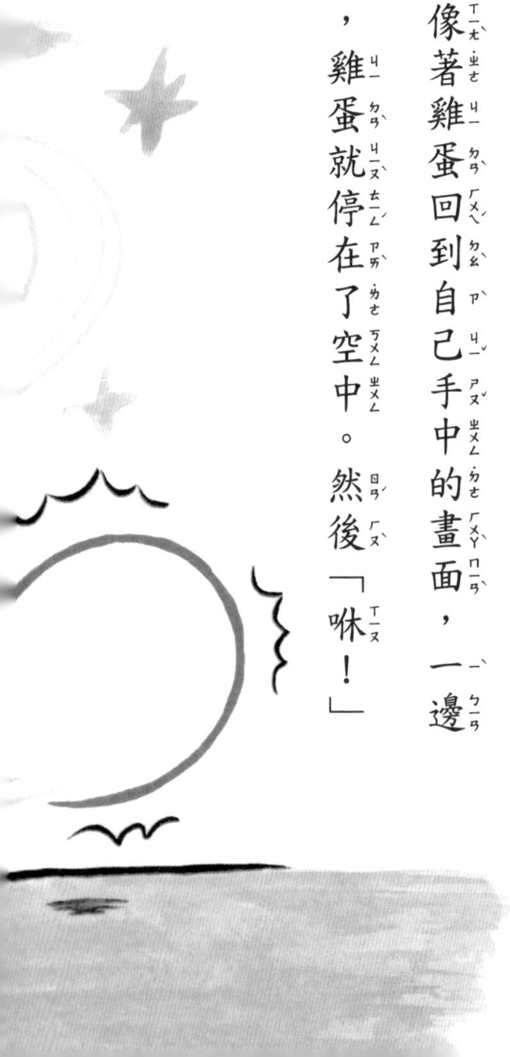

「太棒了，我辦到了！」

這是小菊第一次成功使出魔法。

小菊開心得跳了起來，隨即回過神看著小愛。只見小愛驚訝得目瞪口呆，目光在小菊與她手上的雞蛋之間來回掃視。

「原來……小菊……是魔女？」

「糟糕！被發現了。」

「怎麼辦？小愛一定會嚇得大叫，她的媽媽聽到

也會跑過來，然後還會出現很多人來抓我！」

「小菊妳好厲害！」

沒想到小愛以相當佩服的語氣這麼說。

「咦？」

「原來世界上真的有魔女，能夠施展魔法真令人羨慕！」

小愛的雙眼忽閃忽亮的，充滿仰慕。

「妳不害怕嗎？」小菊問道。

小愛用力的搖搖頭說：「一點也不害怕！」

「因為小菊妳是個好魔女呀！」

「為什麼妳會這麼想呢？」

「爸爸媽媽常說，愛花的人都很善良、很溫柔。」

小菊每次都會來買仙客來球根和花的種子，但那其實都是用來製作魔藥的材料。

「而且，妳還成功拯救了雞蛋呢！」

第一次有人說自己善良溫柔，小菊百感交集，內心像是捲起了一陣小小的旋風。

「如果我是一個好魔女，人類是不是就不會害怕了呢？」

「不過，大人很囉唆，所以我不會把妳是魔女這件事告訴媽媽。」

「嗯！」

「如果使用魔法的話，製作餅乾的過程就能輕鬆很多，小愛應該也會很高興吧！」

小菊用另一隻手的食指指著手上的雞蛋，同時想像雞蛋飛到大碗裡的畫面。

雞蛋先是震動了好幾下，接著飛到空

中，浮在大碗的正上方。

成功了！接下來，只要專心想著蛋殼裂成兩半的樣子就好。

「小菊妳不能這樣啦！」小愛把浮在半空中的蛋拿了下來。

「咦，為什麼呢？使用魔法的話，就能更快做好餅乾呀！」

小愛搖搖頭說：「因為製作餅乾的過程也很有趣

呀，不能利用魔法來偷懶喔！」

說完後，小愛將蛋打入大碗中。

小菊心想：「什麼嘛！真無趣。」

「小菊，請幫忙攪拌均勻。」

小菊心不甘情不願的拿起攪拌棒，開始攪拌大碗裡的材料，喃喃自語的說：

「要是使用魔法，就不用這麼辛苦攪拌了呀！不過，這個顏色還真是漂亮。」

在攪拌過程中，原本淺黃色的奶油在加入蛋之後，漸漸變成了比較深的黃色。

就像是魔女老師在製作

魔藥一樣。

「動作一定要仔細謹慎，才能做出好的魔藥。」魔女老師曾經這麼說。

點心是不是也一樣，必須要仔細謹慎的製作才行呢？

最後的步驟是加入麵粉。

將麵粉倒進篩網中，搖動篩網，讓麵粉掉進碗裡。

麵粉宛如雪花般飄落，在碗中緩緩堆積。

再將麵粉與其他材料攪拌均勻，餅乾的麵團終於完成了。

麵團冷藏過後，用擀麵棍擀成扁平形狀，再用餅乾模具壓出不同的造型。

「我最喜歡的動

物是貓咪，如果家裡有貓咪的模具就好了。」

「這樣呀！」

趁著小愛不注意的時候，小菊偷偷伸出食指朝麵團動了幾下。

兩人用模具做出了好多餅乾，把星星、花朵、

動物等各種造型的餅乾麵團放在塗抹了奶油的烤盤上。

「接下來就要開始烤了喔！」

小愛的媽媽走了過來，準備將烤盤放進烤箱裡。

「等等，還有一個沒放進去！」

小菊迅速將手裡的餅乾麵團放在烤盤角落。

餅乾放入烤箱了，過了一陣子，烤箱裡飄出了甜甜

的香氣。

「小菊，餅乾的味道好香！」

「對呀！」

小菊也忍不住的露出了微笑。

「叮！」

這個聲音就代

表已經烤好了。

「太棒了！」

「完成啦！」

小愛的媽媽從烤箱裡拿出烤盤，再把餅乾移到大盤子上。

「請跟紅茶一起享用吧！」

紅茶裡加入了蜂蜜，甜甜

的真好喝。

小菊拿起餅乾咬了一口，那一小塊餅乾在口中散發出滿滿的美味，讓小菊深深感到幸福。

小菊覺得這

是她有生以來吃過最好吃的手工餅乾，紅茶用來搭配餅乾也非常適合。

「為什麼這麼好吃呢？」小菊不自覺

的說出心裡話。

「我知道原因喔！」

小愛這麼說。

「因為妳在製作時是真心的樂在其中，所以才會這麼好吃呀！」

「樂在其中，餅乾就會變好吃嗎？」

「對呀！」

那麼，魔女老師和妹妹們用魔法做出來的餅乾，應該不會好吃吧？因為，她們是抱著「想帶給人類困擾」的心情做餅乾的。

這麼一來，餅乾一定不好吃，魔女點心店的生意可能會很糟。

如果希望生意興隆，或許應該懷抱著「盼望人類能夠幸福快樂」這樣的願望吧！不過，魔女老師聽了這句話肯定會生氣的說：「魔女才不會許這種願望！」

「這是什麼呀？」

小愛從盤子裡拿起一片貓咪造型的餅乾。

「咦？我們沒有貓咪造型的模具呀！」

突然間小愛像是想起什麼似的「啊！」了一聲，

並且看向小菊。

「小菊，謝謝妳！」

「這沒什麼啦！」

窗外的天色逐漸轉暗。

「我該回家了。」

魔女老師應該早就在等我回去吧！

小愛的媽媽拿了一些餅乾當伴手禮讓小菊帶回家。

小愛陪小菊走到路口。

「我跟妳說一個祕密，因為小菊是我的朋友才告

訴妳的喔！」

小愛壓低聲音對小菊這麼說。

「我長大以後，不想要開花店，而是想開一間點心店喔！我想做出既美味又能帶給人們幸福感的點心！」

「可是，魔女不可能跟人類當朋友。」

「其實，我根本不是什麼好魔女，而是一個最喜歡看見人類感到困擾的壞魔女。」

小菊接著說：「而且，我以後也要在點心店工作，因為我是個壞魔女，所以打算要製作出會讓人類變得不幸的餅乾，然後賣給很多人。」

小愛聽見她這麼說，驚訝得眨了好幾次眼睛。

小菊心想：「想必小愛絕對不會再把我當朋友了，

肯定會害怕得跑回家吧！」

沒想到小愛接下來竟然說：「就算妳真的這麼做，那我就把『會帶來幸福感的點心』拿過去給大家吃就好了呀！」

就在這時，她們剛好走到了路口。

「下次再一起做點心吧！」小愛說完，向

小菊揮手道別。

「再見，小愛。」小菊也揮了一下手，加快了轉彎的腳步。

「也許魔女老師會叫我以後不能再跟小愛見面了。可是，如果以後開始製作並販賣讓人類變不幸的點

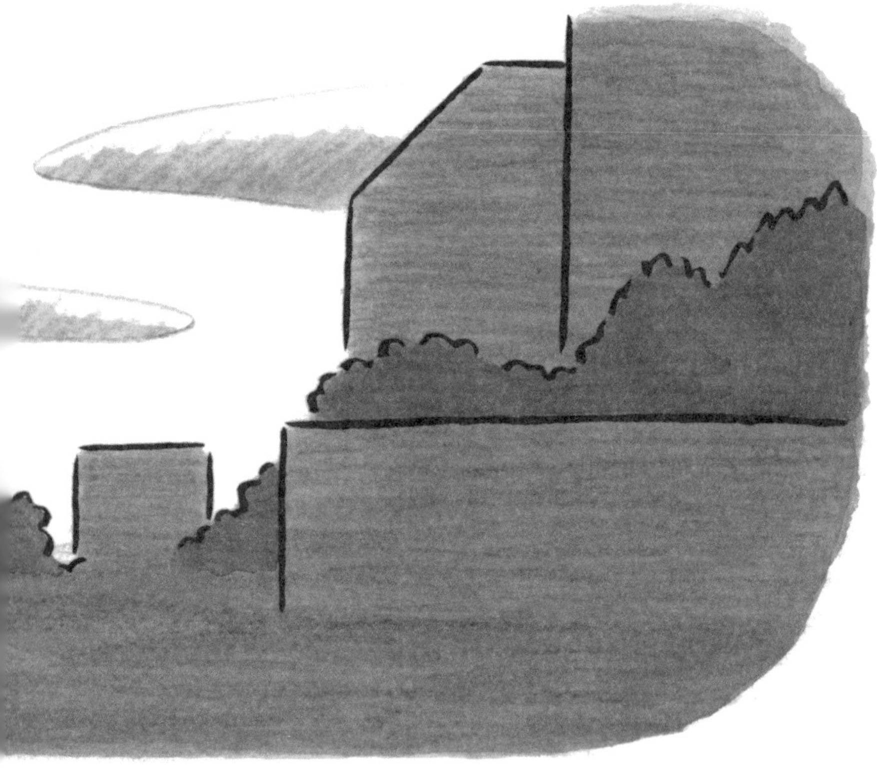

心，小愛真的會帶著讓大家感到幸福的點心來嗎？

這樣的話，我們是不是就能再次見面了呢？」

「但是，我不想讓小愛吃到會帶來不幸的點心。」

小菊拿起一片餅乾，默默的放入口中。

◎作者／草野昭子

畢業於日本福岡女子短期大學音樂科。曾榮獲第32屆福島正實紀念SF童話獎第一名的殊榮。以首部作品《妖魔鬼怪路正在施工中》榮獲第49屆日本兒童文學者協會新人獎。主要著作包括《三年三班黑板上的花太郎》等作品。

◎繪者／東力

生於日本大分縣。畢業於日本筑波大學藝術專門學群視覺傳達設計科。二〇〇四年參加第5屆PINPOINT繪本比賽，榮獲優秀獎。二〇〇六年出版《搭娃娃船上學去》，並以繪本作家的身分正式出道。主要著作包括《放學後的大冒險》、《我現在幾歲了？》、《我的紙飛機》、《爺爺的船》、《媽媽快來接我下課！》等作品。

◎譯者／林謹瓊

諳日、韓文，曾任出版社編輯，現為專職譯者。翻譯著作有《為什麼喜歡媽媽？》、《善良的博美犬》、《原來的你最棒了》、《0～3歲酷比小熊好習慣繪本》、《動物巴士系列》等。

故事館 048

黑魔法糖果店4：魔女小菊的祕密餅乾

魔女みならいのキク

作　　者　草野昭子
繪　　者　東力
譯　　者　林謹瓊
語文審訂　張銀盛（臺灣師大國文碩士）
副總編輯　陳鳳如
封面設計　張天薪
內頁排版　連紫吟・曹任華

出版發行　采實文化事業股份有限公司
童書行銷　張惠屏・張敏莉
業務發行　張世明・林踏欣・林坤蓉・王貞玉
國際版權　施維真・劉靜茹
印務採購　曾玉霞
會計行政　許俽瑀・李韶婉・張婕莛
法律顧問　第一國際法律事務所　余淑杏律師
電子信箱　acme@acmebook.com.tw
采實官網　www.acmebook.com.tw
采實臉書　www.facebook.com/acmebook01
采實童書粉絲團　https://www.facebook.com/acmestory/

I S B N　978-626-349-613-2
定　　價　330 元
初版一刷　2024 年 5 月
劃撥帳號　50148859
劃撥戶名　采實文化事業股份有限公司
104台北市中山區南京東路二段95號9樓
電話：(02)2511-9798　傳真：(02)2571-3298

國家圖書館出版品預行編目資料

黑魔法糖果店. 4, 魔法小菊的祕密餅乾 / 草野昭子作 ; 東力繪 ; 林謹瓊譯. -- 初版. -- 臺北市 : 采實文化事業股份有限公司, 2024.05
96 面 ; 14.8×21 公分. -- (故事館 ; 48)
譯自 : 魔女みならいのキク
ISBN 978-626-349-613-2 (精裝)
861.596　　113002743